W0311275

Mon journal

emoji™
THE ICONIC BRAND

Tellement hâte !

emoji™ is a trademark of the emoji company GmbH.© 2015 – 2021.
All rights reserved.

© Hachette Livre, 2021. Tous droits réservés.
Texte : Catherine Kalengula.
Conception graphique du roman : Audrey Thierry.
Mise en pages : Caroline Rimbault.

Hachette Livre, 58, rue Jean-Bleuzen, 92178 Vanves Cedex.

Mon journal emoji™

THE ICONIC BRAND

Tellement hâte !

hachette
JEUNESSE

Coucou ! Moi, c'est Lili !

Interdiction formelle de m'appeler Julie !

Je vis avec ma mère, Sandrine, mon beau-père, Olivier, et ma petite sœur, Inès – elle a quatre ans, et disons que *je suis un peu son modèle !*

Pourtant, ma vie n'est pas toujours facile, je vous jure ! J'ai plein d'émotions à l'intérieur de moi. C'est comme un tourbillon ! Heureusement, j'ai trouvé la solution parfaite pour m'aider : **écrire un journal intime**. Bon, OK, il ne peut pas me donner de conseils, mais ça fait du bien de dire ce qu'on ressent, même à un morceau de papier.

Sinon, question confidences, je peux compter sur ma meilleure copine, Emma – **la fille la plus géniale de l'univers** (eh oui, je sais, j'ai une chance INCROYABLE !). Et **Marcel**, à qui je peux raconter n'importe quel secret. La preuve : je lui lis mon journal chaque soir, et il garde tout ça pour lui. Oui, c'est un chat. Et alors ?

Samedi

18h02

J'ai un plan top-secret. Et quand je dis « top-secret », c'est pour de vrai ! Il n'y a que deux personnes qui sont au courant – à part moi, évidemment : ma meilleure amie Em', et mon Marcelou chéri. Mais je leur fais confiance, je sais qu'ils ne diront rien. **Motus et bouche cousue !**

Mon plan s'appelle :

« Demander à maman et à Olivier si je peux faire une soirée pyjama pour mon anniversaire, mais sans leur demander vraiment. ».

Oui, bon, c'est un peu long. Mais au moins, on comprend ! Cette idée vient

d'Emma. Elle a toujours des idées géniales ! Comme je l'ai déjà écrit plein de fois : *ce n'est pas pour rien qu'elle est ma meilleure amie.*

Bref. Revenons à notre sujet.

L'autre jour, à la récré, on parlait de mon anniversaire qui a lieu le mois prochain. Je répétais pour la **millionième fois** à Em' combien je rêvais de faire une soirée pyjama. Et pour la **millionième fois** aussi, que ma mère me trouvait trop petite. Si, si, je ne rigole pas ! Pour elle, ce genre de fête est réservée aux ados.

N'importe quoi !

J'étais complètement dé-ses-pé-rée.

— *Pff*, ma mère n'acceptera jamais ! ai-je soupiré.

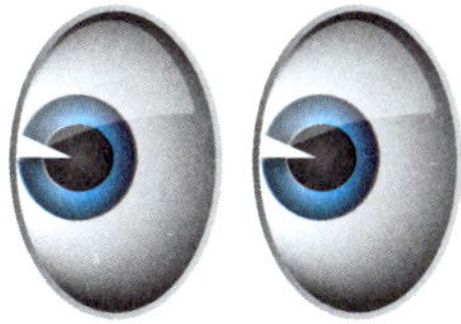

Emma a grimacé – elle fait toujours ça quand elle réfléchit. Ensuite, elle a écarquillé les yeux – ça, ça voulait dire qu'elle avait une super idée.

— Je sais ! s'est-elle écriée. **Et si tu lui demandais de faire une soirée pyjama, mais sans lui demander vraiment ?**

Je l'ai regardée avec des yeux ronds, en mode : « Hein ? »

Elle a rigolé.

— Attends, je vais t'expliquer. Par exemple, moi, je rêvais d'avoir une console de jeux. Mais je savais que si je leur demandais comme ça, mes parents allaient refuser. Ils disent que ça rend les enfants moins intelligents ! *Pff* !

Ah, les parents ! On se demande parfois où ils vont chercher tout ça !

— Alors, qu'est-ce que tu as fait ? l'ai-je interrogée, impatiente de connaître la suite.

— **Eh bien voilà** : tous les jours, je glissais le mot « console » dans mes phrases, m'a avoué Em'.

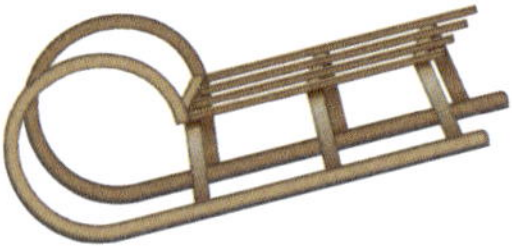

Je ne comprenais toujours pas. C'était quoi, cette histoire de glissade ? Il fallait faire de la luge, ou quoi ?

Devant mes yeux de merlan frit, elle a ajouté :

— Je disais : « Tiens, au fait, les parents de Mathilde lui ont acheté la console trucmuche, et elle s'en sert pour jouer aux échecs ». Ou alors : « Sur Internet, j'ai lu que les enfants qui jouaient à la console machin-chose pouvaient faire du sport

avec et que c'était bon pour leur santé. ». Tu vois ?

— Aaaah ! ai-je répondu, tandis que ça commençait à devenir plus clair dans ma tête. Mais tu es géniale !!!

— Moui, moui, on me le dit souvent, s'est vantée Emma (pour rire).

Il y a une seule meilleure amie comme elle dans tout l'univers. Et c'est la mienne !

Eh ouais, j'ai trop de chance !

Depuis, je fais comme elle a dit. Le problème, c'est que *ça ne marche pas du tout !!!*

Pourtant, je prononce le mot « soirée pyjama » dès que j'en ai l'occasion. Par exemple, la semaine dernière, avec maman, on est allées à la librairie. Là, je lui ai montré un livre – oh, comme ça, juste en passant ! Bon, c'est vrai, je le lui ai collé de force entre les mains…

— Regarde, il explique comment organiser une soirée pyjama, ai-je dit d'un ton super naturel. C'est drôlement rigolo. Et utile, aussi !

Bien sûr, je n'ai pas oublié de lui faire lire la couverture, où il était écrit en gros : **« à partir de 7 ans »**. 7 ans. C'était clair, non ?

Mais ma mère n'a rien répondu.

La semaine dernière, mamie Alice m'a acheté un joli pyjama à carreaux (Elle aime bien m'offrir des cadeaux.). Comme maman était là, j'ai déclaré, mine de rien :

— Celui-là, il serait vraiment parfait pour une soirée pyjama.

Toujours pas de réponse.

J'ai glissé le mot soirée pyjama une bonne vingtaine de fois dans nos conversations. Mais il ne s'est rien passé. **Ma mère a un problème d'oreilles, ou quoi ?** Pourtant, quand je lui avoue que j'ai eu une mauvaise note à un contrôle de maths, là, elle entend très bien !

Trop bizarre.

Selon Em', ses parents ont exactement la même maladie. Dès qu'elle leur demande si elle peut avoir un téléphone portable pour appeler ses copines, ils deviennent sourds.

Hum, hum.

Une chose est sûre : j'en ai assez d'attendre. Alors, ce soir, c'est décidé : **je pose carrément la question à ma mère !** J'ai répété pendant des heures dans ma chambre : « Dis maman, est-ce que je pourrais faire une soirée pyjama pour mon

anniversaire, s'il te plaît ? Je suis assez grande, et on sera très sages, promis, juré. »

J'ai essayé de le dire de plusieurs façons. D'abord, en souriant, comme si c'était trois fois rien, alors qu'il s'agit du truc le plus important de TOUTE ma vie !

Puis, l'air suppliant, avec des yeux de petit chaton trop mignon qui fait pitié.

Aussi avec une voix grave, histoire d'avoir l'air super sérieuse. Une fille responsable, tout ça, tout ça.

J'ai même essayé l'accent russe – mais là, c'était juste pour rigoler.

Finalement, Marcel préfère quand je parle normalement.

Il me l'a fait comprendre avec ses yeux. Il a cligné doucement des paupières – ça, ça veut dire : « Toutes mes félicitations les plus sincères, ma petite Lili. De cette manière, c'était absolument parfait. » (Eh oui, il parle toujours de façon très distinguée).

Après, il a ajouté : « Courage, je suis avec toi et je t'aime de tout mon cœur. »

Si, si. Il m'a dit tout ça.

Oh, Olivier m'appelle pour dîner ! C'est le moment. Un petit câlin porte-bonheur à mon Marcelou, et j'y vais !

Samedi

22h13

Maman a dit OUI !!!!!

Et je n'ai même pas eu besoin de lui poser la question !

Incroyable !

On était en train de manger – du poisson aux petits légumes juste trop, trop bon –, lorsque ma mère a levé la tête vers moi :

— Au fait, Lili, j'ai compris le message. *Tu veux organiser une soirée pyjama pour ton anniversaire, c'est bien ça ?*

QUOI ⁉ Alors, comme ça, elle n'était pas sourde ? Je n'en revenais pas !

— Euh… ai-je balbutié.

— J'y ai réfléchi, et je crois que tu es assez grande, maintenant, a-t-elle déclaré. Donc, c'est d'accord.

J'étais sûrement en train de rêver. J'ai regardé autour de moi : Inès grimaçait devant son assiette. Il faut dire qu'entre les légumes et elle, c'est la guerre !

— Tu as faim, Lilidou ? m'a-t-elle demandé. Attends, je vais te donner une carotte.

Et hop, elle m'a lancé une rondelle à travers la table. **Je l'ai reçue en pleine face** – c'est fou ce que les bébés visent bien, de nos jours.

— Inès, voyons ! l'a grondée Olivier. Ce n'est pas parce que Lili a la bouche ouverte qu'il faut la nourrir !

Une scène pareille, ça ne pouvait pas sortir de mon imagination. Impossible ! **Maman avait vraiment dit oui !**

— Oh, merci ! ai-je crié, en lui sautant dans les bras.

— De rien, ma chérie, je sais que tu en mourais d'envie, m'a-t-elle répondu.

À noter à propos des parents : ils entendent très bien. C'est juste que parfois, ils n'ont pas envie de répondre tout de suite. Voire, ils n'ont pas envie de répondre du tout !

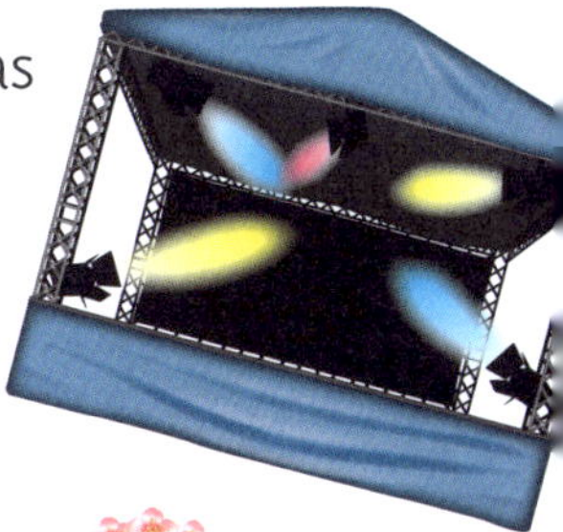

Je n'y crois toujours pas : *je vais pouvoir faire ma soirée pyjama !*

Je suis trop contente !

Non, « trop contente », ce n'est pas assez... Super-méga heureuse, alors ? Non plus.

C'est le plus beau jour de ma vie (après bien sûr, celui où j'ai vu mon Marcelou pour

la première fois) ! **Je suis sur un petit nuage !**

Je plane, je plane !

YOU HOU !!!

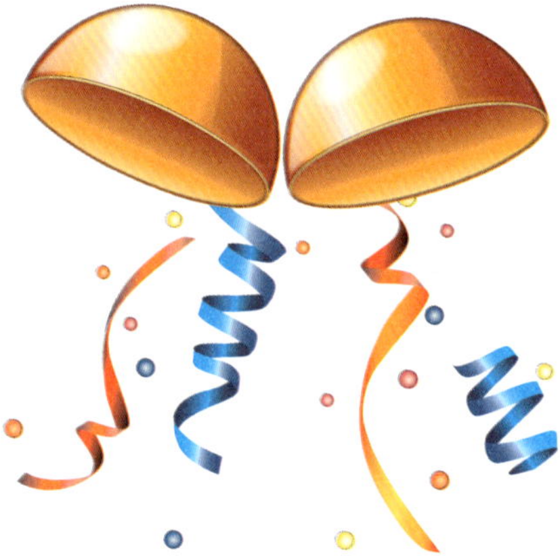

Dimanche

15h52

Oh ! Là, là ! je ne pense qu'à une chose : ma soirée pyjama ! *Quand je mange, quand je dors, quand je respire : tout le temps, quoi !*

Je sais qui je vais inviter – c'est déjà ça.

Liste des invitées

(Attention, ce n'est pas n'importe qui !) :

- Em' (évidemment !)
- Mathilde
- Léa
- Zoé
- Cassou (ma copine de danse)

Je ne mets pas Marcel sur la liste, parce que lui, il fait partie de l'équipe d'organisation avec moi. C'est mon **assistant à quatre pattes trop choupinou**. Donc, forcément, il sera là. Il s'occupera de l'accueil, des câlins, des ronrons, tout ça, tout ça. Il s'agit d'un rôle méga important !

Oh ! Là, là ! j'ai tellement hâte d'annoncer la nouvelle à Emma ! Je voulais l'appeler aujourd'hui, mais elle est partie en week-end chez sa mamie, au bord de la mer.

Ce n'est pas grave, je lui dirai à l'école, demain... Oh mais si, c'est grave ! *Demain, c'est trop loin !!!!* Et pour Cassou, il faut que j'attende carrément le prochain cours de danse, mercredi. Mer-cre-di. Je ne veux même pas compter le nombre d'heures que ça fait, parce que sinon, je vais m'évanouir.

Je ne pourrai jamais attendre jusque-là, moi ! **Oh ! Là, là !**

Lundi

18h07

Ce soir, je le note en grand et en rouge dans mon journal :

MA MAÎTRESSE EST VRAIMENT SANS PITIÉ !

Ça se voit que ses parents ne l'ont jamais autorisée à faire une soirée pyjama quand elle était petite (Peut-être parce qu'elle n'était pas si sage que ça, hum, hum). Sinon, elle comprendrait !

Mais commençons par le commencement. Ce matin, comme tous les jours, Emma m'attendait dans notre base. Je ne lui ai même pas dit « coucou », rien. J'avais déjà attendu une éternité (une journée, vous vous rendez compte ?), avant de pouvoir lui annoncer la bonne nouvelle.

Alors, **je ne voulais pas patienter une seconde de plus !**

— Em', tu sais quoi ? ai-je hurlé. Ma mère a dit oui pour la soirée pyjama !

— Tu rigoles ? s'est-elle exclamée. Mais c'est génial ! Youhou !

Et on s'est mises à danser et à crier. Puis, Mathilde et Léa sont arrivées, et là, je n'ai même pas eu besoin de parler. *Elles ont tout de suite deviné !*

Super fortes !

Bon, après, c'est vrai qu'Em' chantait à tue-tête : « Lili va faire une soirée pyjama ! Lili va faire une soirée pyjama ! Et on va trop s'amuser ! Oui, on va trop s'amuser ! »

Là, déjà, Mme Cantepie nous jetait **des petits regards bizarres**. Du genre : « Vous avez l'air bien excitées, les filles, aujourd'hui. Surtout toi, Julie. »

Mais je ne me méfiais pas encore. *J'étais juste trop contente !* Et qui pouvait croire qu'une maîtresse puisse se montrer aussi machiavélique ?

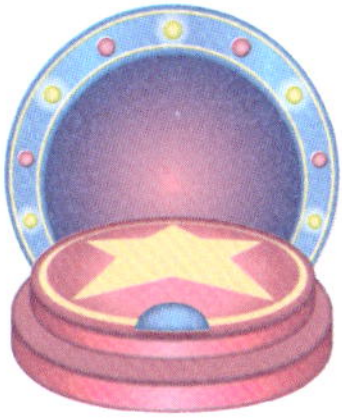

— Tu as déjà pensé aux activités ? m'a ensuite demandé Emma. Si tu veux, j'ai plein d'idées ! On pourrait...

Et à ce moment-là, *dring*, la sonnerie a retenti. Exprès !

GRRR !

Non, mais franchement ! Il faut arrêter d'embêter les enfants comme ça !

On est allées en classe. Et la maîtresse a démarré la journée par *VLAM* ! une leçon sur les quadrilatères (autrement dit, tout ce qui ressemble de près ou de loin à des rectangles, enfin bref.). De quoi m'assommer direct.

Comment peut-on se concentrer là-dessus, alors qu'on réalise son plus grand rêve, hein ? Il y a vraiment plus important dans la vie que **les losanges ou les carrés !**

Mme Cantepie n'a pas l'air de se rendre compte que je vais organiser ma soirée pyjama ! Ma. Soirée. Pyjama. *Ce n'est quand même pas rien !*

Elle aurait dû me dire : « Pas de leçon de géométrie pour toi, aujourd'hui, ma petite Julie. Tu as tellement mieux à faire. Va donc à la bibliothèque pour discuter de ta soirée pyjama avec Emma. Et toutes mes félicitations pour ce grand événement ! »

Au lieu de ça, elle m'observait sans arrêt. À croire que j'étais la seule élève de la classe ! *Pff* ! Je bouillais, je bouillais. Je voulais

tellement parler de ma soirée pyjama avec Emma ! Et la récré me paraissait si loin !!! Une heure et demie, ça fait combien de minutes ?

Non, je ne veux même pas le savoir, en fait.

Dès que la maîtresse a tourné le dos pour écrire au tableau, je me suis penchée à l'oreille d'Emma :

— **Et c'est quoi, tes idées d'activités ?** lui ai-je murmuré.

— Je pensais au jeu où tu colles un bout de papier sur ton front, m'a-t-elle répondu.

— Un bout de papier ? me suis-étonnée, sourcils froncés. Comme ça ?

J'ai pris un morceau de papier que j'ai scotché sur mon front, histoire d'essayer.

— Euh, je ne voudrais pas te vexer, mais ce n'est pas

très rigolo comme jeu, ai-je commenté. En plus, ça fait loucher.

Em' a ri doucement.

— Mais non ! Ta voisine écrit le nom d'une célébrité sur un papier, tu le colles sur ton front et tu dois deviner qui c'est.

— Aaaaah ! ai-je compris.

Et j'ai ri aussi. Je n'aurais pas dû. *La maîtresse était près de moi.* Parfois, elle fait super peur ! Elle se déplace aussi vite que les fantômes dans les films. Un instant, elle est à côté de son bureau. L'instant d'après, elle se trouve juste derrière votre dos !

Au secours ! J'y pense : et si elle était un fantôme, pour de vrai ? Ça pourrait expliquer un tas de choses : comment elle bouge en un clin d'œil, et aussi pourquoi elle est tellement méchante.

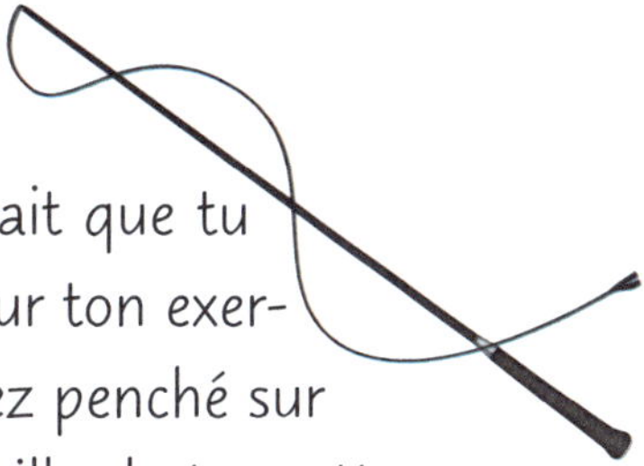

— Eh bien, Julie, on dirait que tu n'as pas beaucoup avancé sur ton exercice ? a-t-elle constaté, le nez penché sur mon cahier. Je te conseille de te mettre au travail et vite, si tu ne veux pas rester en classe pendant la récré. Et d'arrêter de bavarder aussi, si tu n'as pas envie d'être punie. Et pourrais-tu enlever ce morceau de papier de ton front ? **On n'est pas au cirque**, merci.

Évidemment, les autres ont rigolé – Mathis, le premier. Il se moque toujours de moi, celui-là ! Mais c'est juste parce qu'il est jaloux. *Et qu'est-ce que ce sera lorsqu'il saura que j'ai le droit de faire ma soirée pyjama !*

MA soirée pyjama.

J'ai enlevé le bout de papier, et Mme Cantepie a commencé à s'éloigner. Je me suis dit que j'allais enfin être tranquille. Je me penchais déjà vers Emma, quand VLAM ! la maîtresse s'est retournée brusquement.

Trop, trop terrifiant !

— Je t'ai à l'œil, Julie, m'a-t-elle prévenue.

Je vous jure, j'ai failli avoir une crise cardiaque, moi !

Ça m'a demandé de gros efforts, mais j'ai réussi à me taire jusqu'à la fin du cours – enfin, presque. **Je ne voulais surtout pas être privée de récré !**

Ou pire : me faire punir.

L'horreur !

Oups, Olivier m'appelle !

Peut-être qu'il veut me parler de ma soirée pyjama ?

Lundi

18h58

Je n'y crois pas ! Olivier voulait juste savoir si j'avais terminé mes devoirs !

Ma parole, c'est un complot, ou quoi ? LA TERRE ENTIÈRE veut m'empêcher de penser à ma soirée pyjama, voilà !

Bon, j'ai un exercice sur les rectangles. Rectangle comme... les cartons d'invitation ! Tiens, et si j'en faisais des ronds, pour changer ? Ce serait rigolo !

Oh ! Là, là ! il faut vite que je note cette idée !

Et juste après, je fais mes devoirs, promis, juré. Je l'écris même en gros et en rouge dans mon journal :

J'écris mon idée et je fais mes devoirs tout de suite après.

IDÉES POUR LES CARTONS D'INVITATION

(Je laisse de la place en dessous, exprès 😬)

- Essayer d'autres formes

Et si j'essayais, maintenant ? 🤩 Oh oui !!!!

Mardi

18h31

C'est la cata !!!

Ce matin, avant le petit déjeuner, je me suis rendu compte d'un truc horrible : **je n'avais pas fait mon exercice sur les rectangles** ! Mme Cantepie allait mettre un mot dans mon cahier de liaison, ça, c'est sûr. Elle est tellement impitoyable ! Et après, ma mère allait me priver de soirée pyjama sous prétexte que je ne pensais qu'à ça. Que je négligeais mon travail scolaire, tout ça, tout ça.

Le cauchemar !

J'ai sorti mon cahier à toute vitesse. *Pff, l'exercice était super compliqué* ! Et comme je prenais du temps, maman est venue voir ce que je fabriquais. Sans bruit. Je n'ai même pas pu faire semblant de me brosser les cheveux. Rien. De toute façon, avec un crayon, ça aurait été un peu bizarre, hum, hum.

Lorsqu'elle m'a aperçue à mon bureau, elle a froncé les sourcils – genre **regard-de-la-mort-qui-tue** hyper terrifiant.

Je suis devenue toute rouge. Je le sais, parce que mes joues me brûlaient et que mon cœur battait à mille à l'heure.

— J'ai… enfin, j'avais oublié de faire un exercice, ai-je bredouillé.

— Et pourquoi ça ? m'a-t-elle demandé avec son petit air soupçonneux.

Je n'ai rien répondu. Trop la honte. Alors, maman a vu mes essais de cartons d'invitation étalés sur mon bureau. Il y en avait des ronds, des triangles, des carrés, des qui se plient au milieu, d'autres qui se plient en accordéon, des en forme de fleurs...

— Ce sont des invitations pour ta soirée pyjama ? a deviné ma mère.

Mais comment elle savait ça ? Trop forte ! Bon, c'est vrai qu'à chaque fois, j'avais écrit dessus : « Bienvenue à ma soirée pyjama ! »

— *Lili, je ne suis pas contente du tout*, a-t-elle déclaré.

Mon cœur s'est arrêté. Si, si, pour de vrai. Puis, elle s'est dirigée vers la porte.

— Viens prendre ton petit déjeuner, nous reparlons de tout ça ce soir, a-t-elle ajouté.

Là, on est le soir, et j'attends le retour de maman. Em' m'a dit que j'allais sûrement « me faire remonter les bretelles ». C'est une expression de sa mamie – les mamies ont toujours des expressions trop drôles ! En fait, ça signifie que je vais avoir droit à une leçon de morale.

Mais moi, j'ai surtout peur que ma mère change d'avis pour la soirée pyjama !

Alors, j'ai répété mes excuses devant mon miroir. Marcel a tout écouté et il a dit que c'était parfait. À la place de maman, il me pardonnerait direct, lui. Si, si, il me l'a assuré.

« Chère maman, sache que je suis profondément désolée pour mon exercice de géométrie. Je ne commettrai plus jamais une telle erreur de toute ma vie  – enfin, au moins, jusqu'à ma soirée pyjama. »

Après, je me jetterai à ses pieds avec une expression de chaton innocent. 

« Pitié, maman, ne détruis pas mon plus grand rêve  juste pour un petit oubli de rien du tout ! »

Oh, je viens d'entendre la porte d'entrée !

Mardi

18h58

Maman m'a bien remonté les bretelles. Elles m'arrivent au moins **jusqu'aux sourcils, maintenant** ! J'ai eu droit à un : « Ton travail scolaire doit passer avant tout, Lili. » Et à un : « Tu es grande, maintenant. Il faut te comporter en personne responsable. Nous te faisons confiance. »

À noter : les parents disent que vous êtes grands seulement quand ça les arrange. Pour d'autres choses, du style avoir un téléphone portable, là, vous êtes encore petits.

Bref. Je suis trop contente pour râler.

Ma mère n'a pas changé d'avis pour ma soirée pyjama !

YOU HOU !!!

Bon, j'ai quand même promis un tas de choses : d'être bien concentrée à l'école (même sur les leçons de géométrie hyper ennuyantes). De faire mes devoirs dès que je rentre. Et *d'arrêter de parler tout le temps de ma soirée pyjama*.

Ça, je n'ai pas trop compris pourquoi maman me le demandait. Je ne parle pas sans arrêt de ma soirée pyjama.

Si ?

Ah au fait, demain, je vois Cassou à l'école de danse. J'ai trop hâte de lui parler de ma soirée pyjama !!!

Oups.

Mercredi

17h26

J'aime trop mon cours de danse ! D'abord, j'y retrouve ma copine Cassou. Cassou est super gentille et elle danse comme une ballerine.

Je l'adore !

Ensuite, Marianne notre professeure nous apprend un tas de choses géniales. Par exemple, comment mettre les bras gracieusement au-dessus de sa tête. Ou la manière de faire de **grands jetés** à travers la salle comme si on planait. Ça demande beaucoup de travail, si, si !

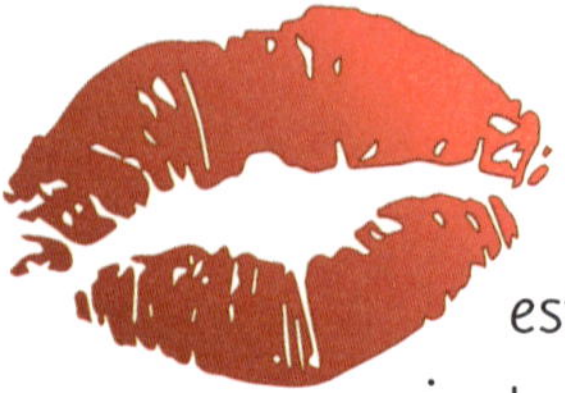

Aujourd'hui, mamie Alice est venue assister au cours. Elle vient parfois, quand elle a le temps. À chaque fois, je suis folle de joie. Et *je me donne à fond* – enfin, encore plus que d'habitude !

Après la leçon, j'ai annoncé la grande nouvelle à Cassou, dans les vestiaires.

— **Tu sais quoi ?** Je vais faire une soirée pyjama pour mon anniversaire ! me suis-je écriée. Et bien sûr, tu es invitée.

— Oh, super ! s'est-elle réjouie. Et c'est quand ?

À cet instant, l'affreuse réalité m'a frappée, BAM ! Ça m'a fait mal ! Ma soirée pyjama a lieu dans un mois. **UN. MOIS.**

Mais je ne vais jamais pouvoir attendre jusque-là, moi !!!

Cassou a vu ma drôle de tête.

— Euh, pourquoi tu grimaces ? s'est-elle inquiétée. *Tu es malade ?* On dirait que tu vas tomber dans les pommes.

— Oh ! Là, là ! me suis-je affolée, en m'écroulant sur un banc. Oh ! Là, là !

J'ai regardé ma copine dans les yeux. **L'heure était grave !**

— Mon anniv est dans un mois. Un. Mois. Tu te rends compte ? C'est terrible !

Mia, une fille qui a toujours les oreilles qui traînent, **surtout quand ça ne la regarde pas**, a rigolé :

— Oh, le gros bébé qui ne sait même pas patienter !

Cassou l'a fusillée du regard. Elle est gentille, mais il ne faut pas l'énerver, ah ça non !

— Ça t'arrive de t'occuper de tes affaires de temps en temps ? lui a-t-elle rétorqué, avant de me regarder, ne t'en fais pas, Lili, *ça va passer vite*.

N'empêche, si j'étais magicienne, je ferais accélérer le temps, tout de suite et maintenant !

Abracadabra, on est dans un mois !

Pff. Ça ne marche pas.

Lorsque j'ai rejoint mamie Alice dehors, j'étais complètement dé-cou-ra-gée. Je comptais et recomptais les semaines dans ma tête. Ça donnait toujours le même résultat. C'est-à-dire : **beaucoup trop !**

— Tu as très bien dansé aujourd'hui, ma chérie, m'a félicitée mamie Alice, dans la voiture. On

voit que tu fais beaucoup d'efforts. Je suis vraiment fière de toi.

— Merci..., ai-je répondu, la tête ailleurs.

— Au fait, ta maman m'a raconté pour ton *exercice oublié*, a-t-elle lancé.

Alors, ça, c'est la meilleure !! Tout l'univers était au courant, ou quoi ?

— Je ne le ferai plus, ai-je promis, avant de m'exclamer : **mamie, j'ai un énorme problème !**

Mamie Alice peut tout écouter, et elle peut tout comprendre aussi, je le sais. **Même les choses que je ne comprends pas moi-même.** C'est une sorte de magicienne !

Donc, je lui ai confié mon énorme problème : le temps qui refuse de passer plus vite (juste pour une fois, pas sympa !), *l'impatience* qui bouillonne à l'intérieur de moi,

qui m'oblige à faire des cartons au lieu de travailler sur mes leçons, mon anniversaire qui est dans TROP LONGTEMPS.

En résumé : je voudrais déjà être à ma soirée pyjama !

Mamie m'a souri.

— Tu as bien fait de m'en parler, Lili. **Je connais un moyen de t'aider à patienter.** Il faut que tu inventes des petits événements, en attendant. Allons prendre un goûter, je vais t'expliquer.

Direction notre **salon de thé préféré**, où la dame me sert des gâteaux tout mignons sur de jolis plateaux argentés et du chocolat chaud dans des tasses en porcelaine trop belles. Quand mamie Alice m'emmène là-bas, j'ai l'impression d'être une reine !

Votre majesté Lili, ça sonne bien, non ?

Entre deux bouchées, j'attendais que mamie m'explique son histoire de « petits événements ».

— **Alors, voilà, Lili.** Tu prends un calendrier et tu notes des choses agréables à faire, jusqu'à ta soirée pyjama.  Par exemple, si tu veux, samedi prochain, on pourra aller acheter ce qu'il te faut pour fabriquer tes cartons d'invitation. Le mercredi suivant, après ta leçon de danse,  on pourra chercher des idées d'activités. Et ainsi de suite. Comme ça, le temps passera plus vite. Tu as compris le principe ?

Ma mamie est vraiment géniale !  Il y avait juste un petit souci.

— **Je n'ai pas de calendrier**, ai-je souligné.

Elle a rigolé.

— Finis ton goûter, on va aller en acheter un à la papeterie.

J'ai choisi un calendrier avec des photos de **chatons méga craquants** (ça fait plaisir à Marcelou aussi) et je l'ai accroché au-dessus de mon bureau.

Ce soir, j'ai déjà commencé à noter des trucs dessus.

Samedi : matériel pour les invitations.

Mercredi : recherche d'activités avec mamie.

Samedi : écrire la liste des friandises et des boissons à acheter avec maman, recette de gâteau avec Olivier.

Plus que deux jours à attendre avant le premier « petit événement », et on y est déjà ! C'est top !

Mamie, je t'adore !

Jeudi

17h44

C'était une super journée ! ☀️

D'abord, j'ai été **sage comme une image**. Enfin, une image qui fait son travail et écoute bien sa maîtresse. 😶 Dès que je commençais à penser à ma soirée pyjama, je me disais : « Non, Lili, chasse tout de suite cette idée et concentre-toi ! » 😊

Ça a été super difficile, pff ! Quand je dessinais des rectangles, je pensais à mes cartons d'invitation. 💌 Lorsque je regardais la jolie barrette de Léa en forme de bonbon, 🍬 je pensais aux friandises à acheter. Devant le classeur « zombies » d'Alan, j'ai

pensé à un atelier maquillage (ou bien, que j'aurais peut-être cette tête-là, au réveil). Etc. Etc. Etc.

Mais j'y suis arrivée !

À un moment, Mme Cantepie s'est même penchée sur mon cahier et a déclaré :

— C'est très bien, Julie. Bravo.

J'étais trop fière !

Pendant toute la matinée, je n'ai pas parlé une seule fois de ma soirée pyjama. Mais pendant la récré de l'après-midi, je n'en pouvais plus. J'ai sorti mes essais de cartons d'invitation. Impossible de m'en empêcher ! J'avais besoin de l'opinion de mes copines, **question de vie ou de mort** (enfin, façon de parler !).

— Moi, j'aime bien celui en accordéon, a commenté Em'. Il est rigolo.

— Je préfère celui en forme de fleur, a dit Zoé, avant de rougir. Mais ils sont tous très jolis, Lili.

Zoé a toujours peur de vexer les autres. Elle est super timide ! Heureusement, on l'a aidée à avoir confiance en elle. Et maintenant, elle ose dire ce qu'elle pense – enfin, elle essaie. *Mais c'est déjà bien !*

Alan et Paul sont venus nous aider.

— Tu pourrais en faire un en forme de ballon de foot, a proposé Paul, dont c'est le sport préféré.

— Bonne idée, ai-je approuvé, avant de faire une moue. Mais c'est quoi le rapport avec ma soirée pyjama ?

Paul s'est gratté la tempe.

— Ben, euh...

— Et si tu dessinais des têtes de mort dessus ? a suggéré Alan. C'est cool, les têtes de mort !

Alan est sympa, mais parfois, il a vraiment de drôles d'idées.

— C'est une soirée pyjama, ai-je rappelé. Pas Halloween. Mais merci quand même.

Je n'étais pas très loin de choisir au hasard, **quand la maîtresse s'est approchée**. Mais qu'est-ce que j'avais encore fait ?

— Tu veux une idée pour tes cartons d'invitation, Julie ? m'a-t-elle demandé.

— Euh... oui, ai-je bredouillé, stupéfaite.

Là, sous mes yeux écarquillés, elle a pris une petite feuille de papier.

Elle l'a pliée au premier quart, puis au troisième quart, avant de refermer les deux parties sur les côtés. Comme si c'étaient des volets.

— Bien sûr, il faudrait *mesurer précisément*, a-t-elle expliqué. Par exemple, pour une feuille de 20 centimètres de longueur, on plie à…

J'ai vite fait le calcul dans ma tête. J'ai eu du mal à apprendre ma table de 5, mais maintenant, je la connais sur le bout des doigts !

— 5 centimètres et à 15 centimètres, ai-je poursuivi.

— C'est exact, a-t-elle confirmé, ravie. Et pour que les deux volets tiennent bien au milieu, tu peux faire un trou de chaque côté avec une perforatrice, enfiler un ruban et faire un **beau nœud**. Voilà. Qu'est-ce que tu en dis ?

J'ai regardé le carton et je l'ai imaginé avec un joli ruban coloré. **Trop beau !**

— J'adore ! me suis-je exclamée. Merci !

Elle est repartie avec le sourire.

Aujourd'hui, j'ai découvert un truc : ma maîtresse peut être super gentille. Vraiment.

La question est : *pourquoi ne l'est-elle pas tout le temps, hein ?*

En tout cas, maintenant, je sais à quoi ressembleront mes cartons, et ils vont être super jolis !

YOUPI !

Là, j'ai fini mes devoirs, eh oui ! Et je vais aider Olivier à préparer le dîner. Comme ça, j'arrêterai de penser à ma soirée pyjama.

C'était un autre conseil de mamie Alice : pour calmer son impatience, il faut s'occuper l'esprit. En plus, j'adore cuisiner avec Olivier. Il m'apprend des tas de

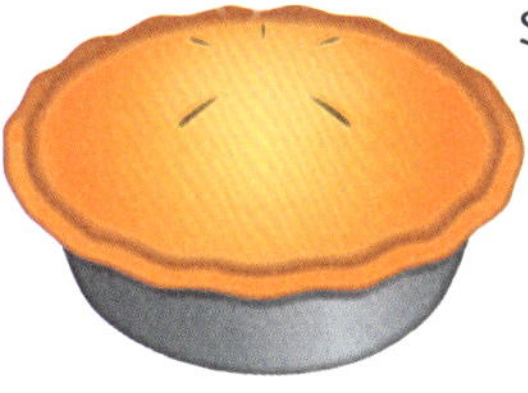

choses et il ne s'énerve jamais. Même quand je renverse des ingrédients sans le faire exprès ou que je mets du sel à la place du sucre 😬 – ça m'est arrivé une fois, et le gâteau était POUAH !

Bon, je file !!!

Jeudi

20h18

Pendant le dîner, je ne voulais pas parler de ma soirée pyjama. Je faisais comme si de rien n'était. J'ai demandé à Inès ce qu'elle avait mangé à la cantine (des machins verts qui sentaient mauvais et un autre machin carré, d'après elle), tout ça, tout ça.

Et c'est là que maman a dit :

— **Au fait**, Lili, j'ai vu ton nouveau calendrier, dans ta chambre. Donc, tu voudrais que je t'aide à dresser la liste des choses à acheter ?

— Euh, si tu veux, ai-je répondu timidement. J'ai peur d'oublier des choses… Mais on peut faire ça un autre jour !

— Non, non, c'est parfait, a-t-elle déclaré. Quelle organisation, **chapeau** ! Je pourrais aussi t'aider à chercher des idées de jeux. Ça m'amuse.

Alors, comme ça, **je pouvais quand même parler un peu de ma soirée pyjama** ?

Ouf !

— Oh oui, merci ! me suis-je réjouie.

Olivier a fait semblant d'être vexé.

— Ben et moi, alors, on m'oublie ? a-t-il grimacé, bras croisés. Et si tu proposais un atelier pâtisserie à tes copines ? Je te montrerai une recette simple que tu pourras refaire avec elles. Ça te dirait, Lili ?

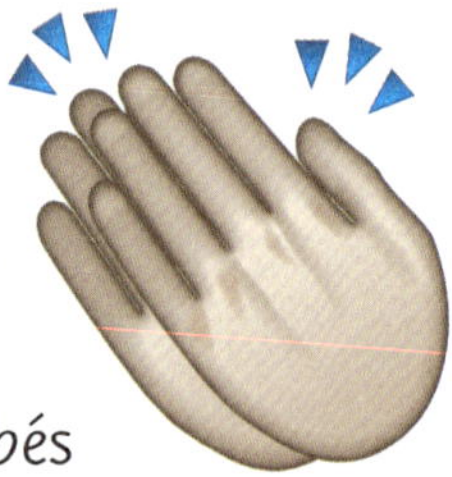

J'ai applaudi. Et juste après, j'ai bondi dans leurs bras.

Eh oui, il n'y a pas que les bébés qui ont le droit de faire ça !

Tiens, en parlant de bébés, Inès frappe à ma porte.

Jeudi

20h44

Elle avait oublié de me montrer quelque chose de **méga important** : un dessin qu'elle a fait *exprès pour moi*, à l'école. Apparemment, elle y a passé des heures.

Trop mignon !

Sauf que j'avais beau le tourner dans tous les sens, **je ne comprenais pas du tout ce que c'était censé représenter**. Des lutins bizarres en train de danser ? Des patates hirsutes avec des chaussons ?

Pourtant, je voulais vraiment essayer de deviner. Les bébés, ça se vexe super vite ! Et après ça pleure, ça pique des crises de nerfs, ça crie.

Au secours !

En plus, m'offrir un dessin, c'était quand même gentil.

— Hum, très chouette, ai-je commenté sans prendre aucun risque.

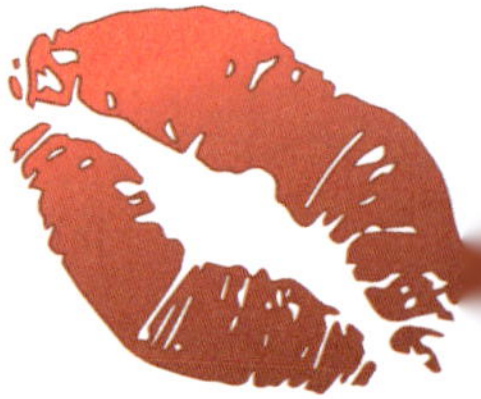

— Merci, Lilidou ! a répondu Inès. C'est toi et tes copines pendant ta soirée pychama.

— Aaah ! me suis-je exclamée.

En y regardant bien, je croyais en effet voir la queue-de-cheval d'Emma. Et la **patate avec des lunettes**, ça devait être Léa.

Je me suis allongée à côté d'Inès, et elle s'est blottie contre moi.

— Au fait, c'est quoi, une soirée pychama ? m'a-t-elle demandé.

Je lui ai expliqué qu'on faisait des jeux, qu'on mangeait des trucs trop, trop bons, et qu'on se couchait super tard – *pour une fois*.

— Ça a l'air rigolo, a murmuré Inès, dont les paupières commençaient à se fermer. Dis, Lilidou, moi aussi, je pourrais faire une soirée pychama, quand je serai grande comme toi ?

— Bien sûr, lui ai-je promis. Et je serai là pour t'aider.

Elle m'a souri, puis elle s'est endormie… Il y a vraiment des jours où j'adore être grande sœur.

Samedi

17h02

Aujourd'hui – et comme je l'ai indiqué sur mon calendrier, hé, hé ! –, je suis allée acheter le matériel pour mes invitations avec mamie Alice. Puis, papy Jacques m'a aidée à les fabriquer.

Sans vouloir me vanter : mes cartons sont **les plus beaux de la Terre !!!** J'ai mis des rubans de différentes couleurs pour chacune de mes copines.

Bleu pour Emma – parce que c'est sa couleur préférée.

Mauve pour Cassou – comme son tutu.

Rose clair et rose foncé

pour Léa et Mathilde – elles adorent le rose !

Et enfin, arc-en-ciel pour Zoé (comme je ne connais pas sa couleur favorite, j'ai tout mis, voilà !).

J'ai trop hâte de les donner ! Je pense que mes amies vont les adorer.

D'ailleurs, il faut que je note ça sur mon calendrier « chatons ».

lundi : DISTRIBUTION
DES INVITATIONS
À LA RÉCRÉ
YOU HOU !

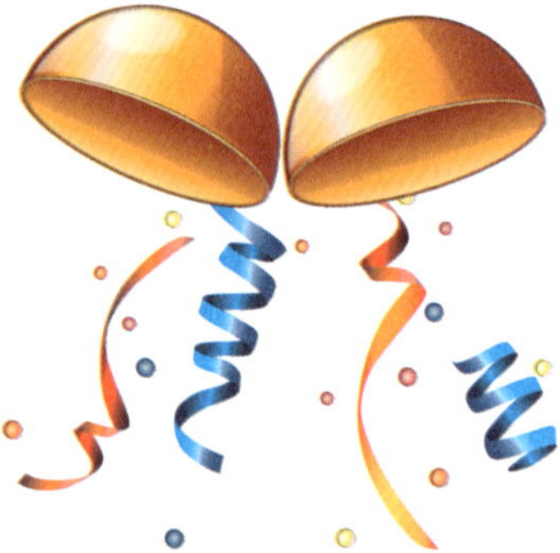

Dimanche

11h41

Deux semaines plus tard...

Je suis complètement dé-bor-dée ! Deux semaines plus tard... La preuve : je n'ai même plus le temps d'écrire dans mon journal.

Incroyable !

D'abord, mes copines ont adoré mes cartons d'invitation. Zoé m'a même dit qu'elle l'avait **accroché dans sa chambre** pour décorer.

Ça m'a touchée.

Je sais que sa maman n'a pas beaucoup d'argent. Alors, sur l'invitation, j'ai écrit en gros :

« Si vous n'apportez pas de cadeau, ce n'est pas grave du tout. Je serai juste contente DE VOUS VOIR ! »

Je ne voulais pas que Zoé se sente gênée, ah ça, non !

Organiser une soirée pyjama, *c'est énormément de travail*. Oh, je sais, c'est juste une petite fête d'anniversaire sans importance. On n'en parlera pas à la télé par exemple ! Ni même dans les journaux. Mais je voudrais tellement que mes copines soient contentes. Qu'après, elles me disent : « Ta soirée pyjama était géniale, Lili ! »

Je ne veux surtout pas qu'elles s'ennuient.

L'horreur !

Maman m'a dit de ne pas m'inquiéter. Qu'avec toutes les activités qu'on a imaginées, mes amies vont bien s'amuser.

J'espère !!!!

Tout est prêt – ou presque. Alors, maintenant, ça va être vraiment dur d'attendre !!!!

Je n'ai plus à rien à noter sur mon calendrier « chatons », moi !

Maman m'appelle dans le salon. Oh, il y a mon père au téléphone !

Chouette !!!!

Dimanche

13h31

J'ai parlé à papa de ma soirée pyjama pendant des heures.

Il m'a dit que ce serait super. Et je le crois.

On a aussi discuté de tout, de rien, et on a rigolé, rigolé, rigolé ! Avec mon père, je ris tellement que **j'en ai mal aux joues !**

Après, il m'a regardée un peu tristement – on se parle en visio.

— J'aurais adoré venir pour ton anniversaire, mon ange. Tu m'en veux ?

— Ben non ! ai-je répondu, avec un haussement d'épaules. Je sais que ce n'est

pas ta faute. Tu as trop de travail, voilà ! Moi aussi, ça m'arrive. Quand la maîtresse est de mauvaise humeur, elle nous donne un tas d'exercices de géométrie super durs. Le cauchemar !

Bien sûr, je suis triste. J'aimerais que papa soit là. *Il me manque trop !* Ça me fait comme un trou au milieu du cœur...

Mais je vais chez lui pour les prochaines vacances. Et quand je pense à ça, le trou diminue un tout petit peu. J'imagine ce qu'on va faire, toutes nos sorties, nos blagues – parce que mon père adore faire des blagues d'enfants comme chanter à tue-tête dans la rue, ou prendre une drôle de voix pour parler aux gens. Parfois, je me demande même si c'est lui, le plus grand d'entre nous !

— P'pa, je voudrais trop être à ma soirée pyjama, ai-je avoué. Mais c'est dans deux semaines ! Deux. Semaines.

— Tu as plein d'imagination, m'a-t-il répondu. Alors, je suis sûr que tu peux trouver un moyen de t'occuper le week-end prochain, si tu cherches bien. Un petit projet tout simple et sympa ? Comme ça, **ça t'aidera peut-être à patienter** jusqu'à ta soirée pyjama ?

— Oh oui, super idée ! me suis-je écriée. **Je t'aime, papa.**

— Et moi, encore plus, ma Lili.

On s'est souri...

J'ai réfléchi, réfléchi, réfléchi. Et j'ai trouvé une idée !

Vite, il faut que je note ça sur mon calendrier « chatons ».

SAMEDI : surprise.

Je n'écris rien de plus, puisque c'est une surprise – hé hé hé !

Dimanche

15h37

Encore une semaine plus tard...

Maman et Olivier ont *adoré ma surprise !*

Il faut dire que j'y avais pensé pendant toute la semaine – comme dit mamie, ça m'a bien occupé l'esprit ! J'avais réfléchi à l'heure à laquelle je devais me réveiller, aux choses que j'allais faire, tout ça, tout ça.

Ma surprise, c'était ta-dam :

un petit déjeuner !

Oui, bon, dit comme ça, ça n'a pas l'air « waouh ». Mais ma mère et Olivier ne s'y attendaient pas du tout !

Donc, ce matin, je me suis levée de bonne heure. Pendant que tout le monde dormait, j'ai préparé ta-dam : des mug-cakes ! Autrement dit, des petits gâteaux super faciles à faire et qu'on peut cuire au four à micro-ondes. Puis, je suis allée cueillir des fleurs dans le jardin (Marcel m'a aidée à les choisir) pour faire un bouquet. J'ai versé du jus d'orange dans des verres, disposé nos plus belles tasses sur la table et même des serviettes en papier.

Le résultat était top ! **Maman et Olivier n'en ont pas cru leurs yeux**. Ils m'ont serrée dans leurs bras – et moi, je me suis laissée faire, hi, hi.

Ils sont toujours là pour moi.  Ils m'aident, me conseillent, me grondent aussi parfois – mais ça fait partie de leur travail, il paraît (hum, hum, question à vérifier ). En plus, ils m'ont donné plein de **super idées** pour ma soirée pyjama ! 

Alors, cette surprise, c'était une façon de leur dire *merci*.

Et que je les aime très fort aussi.

Vendredi

21h52

Quelques jours après…

Oh ! Là, là ! Oh ! Là, là ! Oh ! Là, là !

Demain, c'est le grand jour ! Eh oui, déjà !

J'ai tellement, tellement, tellement hâte !

J'ai envie de crier et de sauter partout – je ne pourrais pas me faire mal, de toute façon, *le sol de ma chambre est recouvert de matelas*. Mamie Alice m'a aussi prêté des couettes et des oreillers.

Comme ça, mes copines seront bien installées.

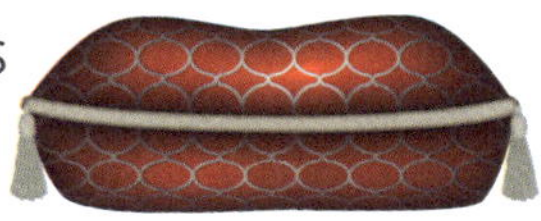

Je suis contente !

Marcel aussi. Maintenant, il a cinq matelas, en plus du mien, pour faire la sieste.

Un vrai roi !

Avec mes amies, cette semaine, on n'a pas arrêté de parler de ma soirée pyjama. Em' est super excitée (Parfois, j'avais même l'impression qu'elle allait exploser). À un moment, Mme Cantepie lui a demandé pourquoi elle était dans tous ses états.

— Demain, c'est la soirée pyjama de Lili ! a-t-elle répondu. On a trop hâte !

— Ce n'est pas une raison pour chanter en classe et jouer de la batterie avec ta règle, d'accord ? l'a sermonnée la maîtresse.

Là, j'ai compris un truc auquel je n'avais pas pensé : **mes copines sont aussi impatientes que moi !** 😊

Oh ! Là, là ! Oh ! Là, là ! Oh ! Là, là ! 🤩 🤩

Demain, c'est le grand jour !

Je ne vais jamais réussir à dormir, moi !

Samedi

10h17

En fait, j'ai dormi comme Inès (comme un bébé, quoi).

Là, j'attends mes copines. Elles arrivent dans (je regarde mon réveil)... quatre heures.

Quoi ? Déjà ? Mais c'est vraiment bientôt !

Il me reste une montagne de choses à faire. Préparer tout ce qu'il faut pour l'atelier pâtisserie, pour les jeux, etc. etc. etc.

Panique à bord !

À noter : parfois, le temps passe super lentement. Et parfois, il file à toute vitesse, juste pour vous embêter. Vraiment, il exagère, je vous jure !

Dimanche

18h07

Ma soirée pyjama était géniale ! Non, elle était même mieux que ça. Pourtant, **rien ne s'est passé comme prévu**. Mais c'est peut-être pour ça qu'elle était aussi géniale ?

Commençons par le commencement.

Les copines sont arrivées à l'heure, sauf Emma qui avait une bonne demi-heure d'avance (mais je la comprends !). Au début, Zoé et Cassou étaient *timides*. Zoé parce que c'est son caractère, Cassou parce qu'elle ne connaît pas vraiment mes amies (on ne va pas dans la même école).

Mon rôle, c'était de les mettre à l'aise – conseil de mamie Alice. Heureusement, je pouvais compter sur l'aide de mon fidèle assistant : Marcelou d'amour.

Il est super doué pour accueillir les invités. Un petit câlin par-ci, un concert de ronrons par-là, et tout le monde fond.

— Oh, *il est trop mignon* ! s'est attendrie Zoé, en le caressant.

Cassou s'est tournée vers elle.

— J'adore les chats.

— Moi aussi, a confié Zoé. Je voudrais trop en avoir un.

— Moi aussi, a répondu Cassou.

Et elles se sont souri.

Mon Marcel, c'est vraiment le meilleur !

En premier, on a fait l'atelier « pâtisserie » : on devait préparer un gâteau au chocolat. Sauf que voilà : Mathilde n'aime pas ça. Et Cassou fait très attention à ce qu'elle mange. Par chance, Olivier passait devant la cuisine – oh, juste comme ça !

— Pardon de vous déranger les filles, mais je vous ai entendues discuter, est-il intervenu. Si vous voulez, **j'ai une recette de cookies faciles à préparer**. Chacune pourra mettre ce qu'elle veut dessus, et il existe une **version allégée**.

Ah, ouf !

Mon petit doigt me dit qu'il voulait vérifier si tout allait bien, l'air de rien (Maman était partie chez mamie Alice, avec Inès).

Des cookies, ça ne ressemblait pas vraiment à un gâteau d'anniversaire. Mais tant pis. Si mes copines étaient contentes, alors moi aussi !

Pendant que nos biscuits cuisaient, on est allées dans ma chambre pour faire des jeux. On a commencé par celui des papiers collés sur le front – maintenant que j'avais bien compris le principe.

Cassou a été la première à jouer. Sur le papier, j'avais écrit un nom : « Hulk ». Et elle devait deviner son « identité ». On a bien rigolé !

On s'est tellement amusées, qu'on en a oublié nos cookies dans le four... Au secours, ils étaient noirs comme du charbon !

— Oh, non ! me suis-je écriée, complètement désespérée.

— Ce n'est pas grave, m'a gentiment rassurée Zoé.

Et puis, je ne sais pas pourquoi, Em' a éclaté de rire. Puis, moi. Puis, tout le monde. On regardait nos **gâteaux hyper moches**, et on trouvait ça **rigolo**.

— Euh, je ne sais pas ce que vous en pensez, mais ils ne ressemblent pas trop à la photo, a plaisanté Em', en montrant le livre de pâtisserie prêté par Olivier où on voyait de magnifiques cookies pas carbonisés.

On a ri de plus belle.

Juste après, qui est arrivé – oh, juste comme ça ? Olivier. Décidément, **il était toujours là au bon moment !**

— Pas de panique, les filles, allez vous amuser. Je vous prépare d'autres cookies, d'accord ?

Ensuite, on a fait un *atelier maquillage*. Maman m'avait imprimé des photos

pour me donner des idées : maquillages mignons, maquillages qui font peur, maquillages de super-héroïnes, etc.

Moi, j'ai maquillé Zoé.

— Trop bien ton maquillage de monstre, Zoé ! l'a complimentée Cassou quand j'ai terminé.

— Euh, c'est un maquillage de chat, a répondu Zoé.

Bon, j'avoue : ce n'était pas très réussi.

Mais au moins, **ça nous a fait rigoler** !

Il y a aussi eu le moment où tout le monde a chanté « Joyeux anniversaire ! » Olivier avait préparé un cookie plus gros que les autres pour pouvoir planter des bougies. Et j'ai ouvert mes cadeaux. Il y en avait tellement, je ne savais pas par lequel commencer !

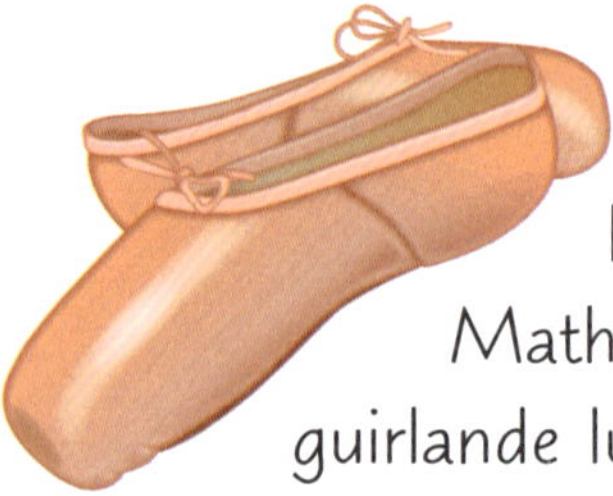

Em' m'a offert un bracelet argenté trop, trop beau ! Mathilde et Léa m'ont acheté une guirlande lumineuse ananas et une peluche. Cassou, un livre sur la danse. Et Zoé, une boîte qu'elle avait fabriquée et décorée elle-même.

— Elle n'est pas super, désolée, s'est-elle excusée, gênée. Je n'avais pas tout le matériel...

— C'est toi qui l'as faite ? s'est extasiée Cassou. Oh, waouh !

Zoé avait l'air heureuse.

Grâce à ma soirée pyjama, **je crois qu'elles sont devenues copines**.

Génial !

Le soir, on a regardé un film dans ma chambre,

sur l'ordinateur de maman. Il était censé faire peur (un peu 🦉), sauf qu'on n'a pas arrêté de rire. On a chanté, on a dansé. On s'est couchées tellement tard que *je ne me rappelle même plus l'heure qu'il était* !

J'étais tellement impatiente d'être à ma soirée pyjama, et elle est déjà terminée. Et si j'en refaisais une, l'année prochaine ? 😇

🥳 YOU HOU ! 🥳

As-tu lu les premières aventures de Lili ?

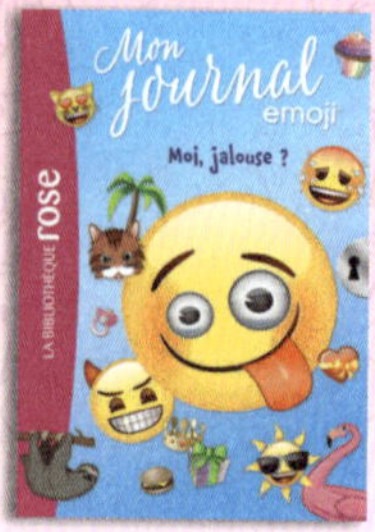

Tome 1

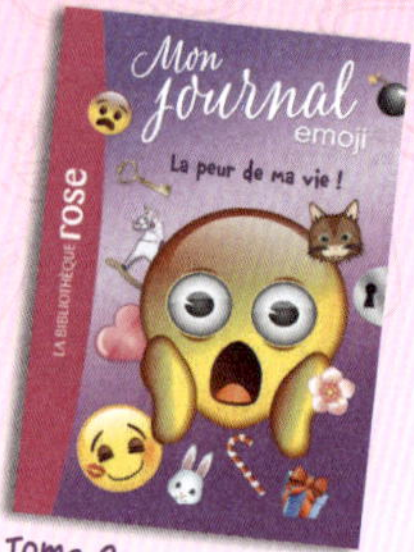

Tome 2

Tome 3

Tome 4

Tome 5

Tome 6

Tome 7

Tome 8

Tome 9

Table

Tous tes héros préférés sont sur le site :

www.bibliotheque-rose.com

hachette s'engage pour l'environnement en réduisant l'empreinte carbone de ses livres.
Celle de cet exemplaire est de :
400 g éq. CO_2
Rendez-vous sur
www.hachette-durable.fr

PAPIER À BASE DE
FIBRES CERTIFIÉES

Photogravure Nord Compo - Villeneuve-d'Ascq

Imprimé par Rotolito Romania en Roumanie
Dépôt légal : février 2021
Achevé d'imprimer : janvier 2021
62.7396.3/01 – ISBN 978-2-01-712809-0
Loi n° 49956 du 16 juillet 1949
sur les publications destinées à la jeunesse